I0684123

HILAS
ET
ZÉLIS,
PASTORALE
EN UN ACTE,

Repréſentée devant leurs MAJESTÉS, à Verſailles le Mercredi 12 Janvier 1763.

DE L'IMPRIMERIE
De CHRISTOPHE BALLARD, ſeul Imprimeur du Roi pour la Muſique, & Noteur de la Chapelle de Sa Majeſté.

―――――――――――――――――

M. DCC. LXIII.
Par exprès Commandement de SA MAJESTÉ.

Les Paroles ſont du Sieur ***.

La Muſique du Sieur *de Bury*, Sur-
Intendant de la Muſique du Roi.

Les Ballets ſont de la Compoſition des
Sieurs *Laval* Pere & Fils, Maîtres des
Ballets de Sa Majeſté.

ACTEURS.

L'AMOUR,	La Dlle Dubois L.
ZÉLIS,	La Dlle Larrivée.
HILAS,	Le Sr Larrivée.
NIMPHES.	

Suivants de L'AMOUR.
Chœur DE GNIDIENS ET DE GNIDIENNES.

La Scene eſt à GNIDE.

ACTEURS DES CHŒURS.

LES DEMOISELLES.

Cannavas.	Aubert.
Godoneche.	Dubois *Cadette.*
Chevremont.	Bouillon.
Bertin.	Favier.

LES SIEURS.

Joguet.	Lebegue.
Guerin.	Bazire.
Levêque.	Doublet.
Boſquillon.	Camus *l'Aîné.*
Abraham.	Daigremont.
Caze.	Charle.
	Joly.

PERSONNAGES DANSANTS.

NYMPHES.

La Demoiselle Allard.

La Demoiselle Vestris.

Les Demoiselles Dumonceau, Peslin; Dumiray, Petitot, Lafont, Saron.

PLAISIRS.

Les Sieurs Laval; Gardel.

Les Sieurs Hyacinte, Dubois, Grosset; Dauberval.

HILAS ET ZÉLIS,

PASTORALE.

Le Théâtre repréfente un lieu champêtre ;
on voit au milieu un autel ruftique.

SCENE PREMIERE.

L'AMOUR, ZÉLIS.

ZÉLIS.

Vous, qui foumettez les Dieux
    & les Mortels,
Dieu du bonheur, ame de la na-
    ture,
Amour, je n'offrirai des vœux qu'à vos
    autels ;
C'eft Hilas qui vous les affure.

L'AMOUR.

Hilas peut-il inſpirer de l'amour ?
Dès le moment de ſa naiſſance
Ses yeux furent fermés à la clarté du jour ;
Comment de la beauté connoît-il la puiſ-
ſance ?

ZÉLIS.

Mes premiers ſentiments ſont nés de ſon
malheur.
Il déploroit ſon ſort, je me plûs à l'entendre ;
D'un intérêt trop cher je ne pus me défendre ;
La pitié ſéduiſit mon cœur,
Et le rendit ſenſible & tendre.

L'AMOUR.

De ſon ſuplice il vous devra la fin ;
Il va tenir de vous l'éclat de la lumiére.
Hilas pourra jouir d'un jour pur & ſerein ;
Puiſqu'en aimant il a ſçu plaire.

ZÉLIS.

Pour ſes yeux étonnés quel ſpectacle en-
chanteur !
Quoi, ſa félicité deviendroit mon ouvrage ?
Le plaiſir de voir ſon bonheur
M'en fera gouter le partage.

L'AMOUR.

Zélis, un don fi précieux
Peut-être de fon cœur vous ravira l'hom-
 mage :
Lorfque mille beautés paroîtront à fes yeux,
 S'il alloit devenir volage?

ZÉLIS.

Ce feroit un malheur affreux;
Mais au moins j'aurai l'avantage
De l'avoir rendu plus heureux.

L'AMOUR.

Evitez fa préfence;
Si vous perdiez fon cœur, quand il verra le
 jour,
  Vous feriez fans retour
Victime de fon inconftance.

ZÉLIS.

J'efpere tout de mon amour.

Il verra donc les tranfports de mon ame,
Et fes yeux animez exprimeront fa flamme.

SCENE II.

ZÉLIS *feule.*

Temoins de nos premiers fermens;
Paifibles lieux, riant boccage,
Qu'Hilas trouve partout l'image
Du bonheur des amans.

Chantez oifeaux, que vos tendres ramages
  Soient la peinture de vos feux,
  Chantez vos plaifirs amoureux;
Mais cachez-lui que vous êtes volages.

  Dieux ! j'apperçois Hilas,
  Allons au devant de fes pas.

SCENE III.

ZÉLIS, HILAS.

ZÉLIS.

Hilas, je dois parler fans feinte;
Nous nous aimons, je fens notre félicité;
  Mais l'amour n'eft jamais fans crainte;
Le tems peut amener votre légéreté.

HILAS.

  Pour rendre ma tendreffe extrême
'Ai-je befoin d'admirer vos appas ?
  C'eft un bonheur que je ne connois pas;
  Mais vous parlez, & j'aime.

ZÉLIS.

  Hilas, vos yeux vont être ouverts;
Vous allez admirer l'éclat de la nature:
  Puiffiez-vous n'être pas parjure
Au milieu des plaifirs qui vous feront of-
  ferts !

Elle fort.

SCENE IV.

H I L A S *feul.*

DE ce vaſte Univers je verrois le ſpectacle ?
Peut-être c'eſt un vain eſpoir.

Mais quel Dieu bienfaiſant, quel ſouve-
rain pouvoir
De mes yeux entre-ouverts vient enlever
l'obſtacle ?
Que d'objets variés s'offrent de toutes parts !
Quelle douce lumière
Étonne mes eſprits, & charme mes re-
gards !
Son feu s'étend ſur la nature entiere.
L'immenſité des Cieux, leur ordre, leur
ſplendeur
Porte le caraĉtere
De leur ſuprême Auteur.

(*On entend une Simphonie champêtre.*)

Quels ſons font retentir ce ſéjour ſolitaire ?

SCENE V.

L'AMOUR *suivi de Nimphes*, HILAS.
On danse.

L'AMOUR.

POUR être heureux, jouis de la clarté;
　Vois tous ces objets, nés pour plaire :
C'eſt le plaiſir d'admirer la beauté
Qui fait le prix du jour qui nous éclaire.

(*Une Nymphe danſe & tache de ſéduire* HILAS
　par les graces voluptueuſes de ſa danſe.)

HILAS.

Que tout ce que je vois me ſurprend & m'en-
　　chante !
　Dieux, que de graces, que d'appas!
Oui, cette Nymphe exprime dans ſes pas
　Ce que je ſens quand Zélis chante.

L'AMOUR.

Si c'étoit elle?

HILAS.

　　　Non, je ne m'y méprends pas ;
　J'éprouverois un trouble extrême,
　　Je la reconnoîtrois :

Tout décêle l'Amour, tout en porte les traits.
Je vais chercher Zélis, je veux voir ce que
  j'aime :
Grands Dieux ! fans ce plaifir, reprenez vos
  bienfaits.

  Il fort, les Nymphes le fuivent.

SCENE VI.

L'AMOUR, ZÉLIS.

ZÉLIS.

MALGRÉ moi-même, hélas ! j'allois pa-
  roître ;
Je ne puis plus longtems voir mon fort in-
  certain.

L'AMOUR.
La conftance d'Hilas fera votre deftin.
Montez fur cet autel, fans vous faire con-
  noître.

  ZÉLIS fe place fur l'Autel.

SCENE DERNIERE.

L'AMOUR, ZÉLIS, HILAS, NYMPHES, *Suivants de l'*AMOUR, GNIDIENS ET GNIDIENNES.

HILAS.

Dieux, pour trouver Zélis mes soins font superflus.

L'AMOUR.

Il faut s'adresser à Vénus.

HILAS.

Que vois-je ? quel objet me séduit & m'en-
 gage ?
Soleil, voici l'instant où je te rends hommage !

L'AMOUR.

Tu ne vois la clarté que pour être incons-
 tant ;
La lumiere des Cieux pour toi va disparoî-
 tre,
 Je vais t'en priver à l'instant.

ZÉLIS.

Arrête, Amour !

HILAS.

Mon cœur n'a pu la méconnoître,
C'eft elle ! c'eft Zélis ! quel tranfport ! quel
    moment !
Ah, quel bonheur pour un amant
Quand le cœur & les yeux confondent leur
    hommage.

ZÉLIS.

Que ce trouble eft flatteur ! que Zélis le
    partage !

L'AMOUR.

Goûtez une fi tendre ardeur,
Vivez dans ce féjour tranquille ;
Je vous le donne pour afile,
Et je choifis le mien dans votre cœur.

ZÉLIS, HILAS.

Formons des chaînes éternelles :
Regne, Amour, lance tous tes feux !
Tous nos moments feront heureux,
Ton flambeau nous rendra fideles.

L'AMOUR.

Que leurs tranfports animent vos defirs,
Chantez, célébrez ma victoire ;

Goutez tous leurs plaifirs :
Aimez ; c'eft en aimant qu'on celébre ma
gloire.

LE CHŒUR.

Que leurs tranfports animent nos defirs ;
Chantons, &c.

On danfe.

ZÉLIS.

Triomphe Amour, jouis de notre hommage :
Tu lances dans ces lieux un trait toujours
vainqueur.

Les Dieux n'ont rien dans leur grandeur
Du prix de ton efclavage ;
L'Univers leur doit fon bonheur ;
Celui des Dieux eft ton ouvrage.

Triomphe Amour, jouis de notre hommage :
Tu lances dans ces lieux un trait toujours
vainqueur.

On danfe.

ZÉLIS, *alternativement avec le Chœur.*

Ne quitte plus, Amour, notre boccage ;
On n'eft heureux qu'en fuivant tes loix.
Daigne toûjours, fous ce riant ombrage,
De nos cœurs déterminer le choix.

ZÉLIS, *seule.*

Un volage
Te fait outrage ;
Un tendre cœur
Fait fon bonheur
De la conftance.

LE CHŒUR.

Dieu des amants, fignale ta puiffance.

ZÉLIS.

Bannis des cœurs
Les foûpirs trompeurs.

Ne quitte plus, Amour, notre boccage ;
On n'eft heurèux qu'en fuivant tes loix.

LE CHŒUR.

Daigne toujours, fous ce riant ombrage,
De nos cœurs déterminer le choix.

ZÉLIS.

Je fais gloire.
De ta victoire :
Toi feul remplis mes vœux.

LE PETIT CHŒUR.

Lance, Amour, tes feux.

LE GRAND CHŒUR.

Fais de ces beaux lieux
Le féjour des ris & des jeux.

ZÉLIS ET LES CHŒURS.

Par tes bienfaits,
Regne à jamais.

Ne quitte plus, Amour, notre boccage ;
On n'eft heureux qu'en fuivant tes loix.
Daigne toujours, fous ce riant ombrage,
De nos cœurs déterminer le choix.

*Un Divertiffement général termine
la Paftorale.*

FIN.

VERTUMNE

ET

POMONE,

BALLET

EN UN ACTE,

*Repréfenté devant leurs MAJESTÉS, à Verſailles,
le Mercredi 9 Février 1763.*

DE L'IMPRIMERIE

De Christophe Ballard, Seul Imprimeur du
Roi pour la Muſique, & Noteur de la Chapelle
de Sa Majeſté.

M. DCC. LXIII.
Par exprès Commandement de SA MAJESTÉ.

www.ingramcontent.com/pod-product-compliance
Lightning Source LLC
Chambersburg PA
CBHW061425170626
46811CB00005B/2132